CUENTOS
PARA CHICOS
Y GRANDES

D0096004

CUENTOS
PARA CHICOS
Y GRANDES

por hilda perera
ilustrado por rapi diego

LECTORUM PUBLICATIONS, INC

CUENTOS PARA CHICOS Y GRANDES

Text copyright © 1976, 2001 by Hilda Perera
Illustrations copyright © 2001 by Rapi Diego

ISBN: 1-880507-92-7 (PB)
        1-880507-93-5 (HC)

Printed in the U.S.A.

10 9 8 7 6 5 4 3

Library of Congress Cataloging-in-Publication Data
Perera, Hilda, 1926-
        Cuentos para chicos y grandes / por Hilda Perera ;
        illustrado por Rapi Diego.
            p.   cm.
        Summary: This collection of stories which earned Spain's
        prestigious Lazarillo Award for its Cuban American
        author touches upon such universal themes as hope, love,
        freedom, and truth.
Premio Lazarillo, 1975.
        ISBN 1-880507-92-7 (pbk.)–
        ISBN 1-880507-93-5 (Reinforced bdg.)
1. Children's stories, Cuban. [1. Cuba—Fiction. 2. Short stories.
3. Spanish language materials.]   I. Diego, Rapi, ill.   II. Title.
        PZ73 .P465 2001
        [Fic]—dc21   2001029026

ÍNDICE

Los burritos

Allá por las montañas, no sé bien dónde, había una vez un pueblito de torre alta, iglesia chica, plaza grande y patrón santísimo. Por sus calles estrechas y adoquinadas iban los burritos, "pacatás, pacatás, pacatás", en su vaya y venga de cada día. Subían a la loma, bajaban leña, llevaban bultos, transportaban viajeros, daban vueltas a la noria, y todo, seriecísimos, humildes y muy formales. Eran burritos grises, de ojazos buenos, orejas largas y rabo flecoso.

Los hombres del pueblo se sentaban en la plaza a mirarlos pasar y ya podían verlos caerse de cansancio, que ellos seguían, tan campantes, tomando café y charlando. Es más: los insultaban llamando "burro" a la gente estúpi-

da. Y no faltaba quien descargara su malhumor dándoles de palos o practicara el ahorro dejándoles sin comer.

A ninguno se le ocurría decir siquiera: "¡Pobre burrito!" y, mucho menos, ayudarles a subir las cuestas o acariciarlos. Y eso está muy mal, porque hasta el burro más burro entiende la compasión y la ternura.

Pues bien: los burritos de este pueblo, o no se daban cuenta del maltrato o pensaban que habían nacido para trabajar y cansarse por todos los siglos de los siglos. Al menos, hasta que ocurrió lo que ocurrió.

No se sabe en verdad si fueron los niños, hablándoles bajito a la oreja, quienes les dieron la idea, o si fue ocurrencia de algún burro forastero. Hay quien piensa que hasta el patrón santo se metió en el asunto. Pero sea de un modo o sea de otro, lo cierto es que una noche los burritos se reunieron en el parque y, rebuznando de acuerdo, decidieron empezar a hacer maldades. Uno se comió la yerba verde; otro se fue hasta una franja de flores y las dejó sin capullos; otro saboreó los tulipanes rojos y húmedos, como el más apetitoso de los manjares. Se divirtieron tanto, y tanto corrieron y retozaron, que decidieron hacer cada noche una maldad distinta.

Al otro día se fueron a casa de doña Fermina, una viejita toda arrugadita, de moñito blanco y traje negro y chal negro y humor negro, se le metieron en el patio y le comieron toda la ropa blanca que había dejado haciendo piruetas e hinchándose, tendida al aire. A doña Fermina se le pusieron brillantes como nunca los ojitos negros, se apretó el chalcito alrededor de los hombros y, como era muy decidida, se fue a ver al alcalde.

El alcalde tenía un gran bigote negro, una papada grande y un sombrero chico. Vino doña Fermina y le hizo el cuento, y el alcalde, quien rehuía enojarse porque le daba acidez y le subía la presión, prometió a la viejita hacer algo, algún día, de algún año. Tranquilizó a doña Fermina como pudo y regresó a su siesta. A los burritos, por doña Fermina, no les pasó nada. Y van y se reúnen a la otra noche, y dice uno que parecía de lana.

—Las hojas verdes de los chopos de la Plaza Central están deliciosas.

Allá se fueron todos, y come que te come, saborea que te saborea, dejaron la plaza pelona.

Los vecinos, que no tenían sombra, fueron a ver al alcalde, quien prometió, muy serio, hacer algo, algún día, de algún año.

A la otra noche propuso un burrito gris, hecho de fieltro enlunado:

—Hay en el mercado unas uvas redondas y frescas, y melocotones que parecen de almíbar, y naranjas amarillas y dulces...

Allá se fueron todos, entraron en el mercado y se dieron un gran banquete de frutas. Los vendedores, que estaban en sus puestos, al ver venir a los burritos en fila y conociendo lo que le pasó a doña Fermina y al parque y a la plaza, comenzaron a dar gritos y llegaron pidiendo socorro a casa del alcalde.

Aquel día al alcalde le subió la presión y estuvo malísimo y dijo, muy enérgico, que haría algo, algún día, de algún año.

La cosa hubiera seguido así, el alcalde prometiendo y el pueblo esperando, si no fuera porque el burrito negro dijo la noche siguiente:

—Hay en el puesto alrededor de la plaza unos papeles abundantes, riquísimos.

Y no había acabado de decir, cuando ya estaban los burritos come que te come. Se comieron *La Prensa, El Diario* y *la Noticia*, que estaban muy dobladitos, esperando el amanecer, para que los leyera el pueblo. Entonces sí que se formó la gresca. Vino el Presidente y el Vicepresidente y el Secretario y el dueño— toda gente decidida, imponente— y se fueron bufando a buscar al alcalde.

El pobre se puso muy nervioso al ver aquel tumulto enfurecido frente a su casa y dijo que haría algo, algún día, de algún año.

Pero todos clamaron a una voz:

—¡No señor! ¡Ahora mismo!

—¡Ahora mismo! ¡Ahora mismo!

La algarabía fue tanta, que la oyó doña Fermina, quien, desde el asunto de la ropa, les tenía muy mala voluntad a los burritos.

—¡Ahora mismo, sí señor, ahora mismo! — gritó también doña Fermina.

Al alcalde no le quedó más remedio. Mandó a buscar unos camiones grandes y ordenó a unos hombrotes fuertes que recogieran, de una vez por siempre, a todos los burros.

—¡Que no quede ni uno! —gritaba haciendo alarde de mandamás.

Los burritos rebuznaban un rebuzno tristísimo que llenó todo el pueblo. Después, los niños vieron cómo les tapaban uno a uno los ojos. Y comprendieron. Era para que no vieran la muerte. Porque era eso, la muerte, lo que iban a darles.

Entonces, sin perder tiempo, se reunieron todos los niños del pueblo, para quienes los burritos eran juguetes vivos y fueron a casa del alcalde. Tenían caritas graves y al alcalde, que era en el fondo bueno, casi le dan ganas de llorar al verlos así, tan tristes.

—¿Qué va a ser de los burritos? ¿A dónde los llevan? —preguntaron.

—Lo siento, hijos míos. No hay remedio. Hay que acabar con ellos. ¡Se han comido el parque, la plaza y la ropa de doña Fermina y, sobre todo, la prensa! ¡La prensa! ¡Hay que castigarlos, hacer un escarmiento! —decía el alcalde con una expresión mitad rigor y mitad puchero.

—¿Y si conseguimos un sitio bien lejos y nos los llevamos?

—Bueno, bueno; pero si no lo tienen antes de mañana... —el alcalde puso una elocuente cara de velorio, que todos comprendieron.

Esa noche los niños salieron por los caminos de tierra, sube y baja por las lomas, y estuvieron la noche entera de pueblo en pueblo con las estrellas arriba, camina que te camina, camina que te camina.

Por fin, casi al amanecer, un pastorcito de los que llevan a pastar ovejas les enseñó un prado verde entre montañas, que tenía una alfombra de yerba verde y un río claro y aire fresco y una vista como para que nadie quisiera irse de allí nunca.

—¡Aquí mismo! ¡Aquí mismo! —gritaron alborozados.

En seguida salieron corriendo; corriendo atravesaron los caminos de regreso, llegaron al pueblo, tocaron en casa del alcalde, y el alcalde salió corriendo, corriendo...

¡Suerte que llegaron a tiempo! Ya el primer burrito estaba mirando, muy serio, la cara de la muerte. Los niños abrieron las puertas y, todos contentos, se fueron con los burritos por los caminos de tierra, hasta el prado verde de la alfombra de yerba.

Regresaron muy tarde y no dijeron nunca dónde los dejaron.

El pueblo, ya sin burros, no parecía el mismo. No había quien llevara los cántaros, quien cargara la leña, quien subiera las cuestas... Además, se extrañaba por las calles el pacatás, pacatás, pacatás de su trotecillo y el ejemplo de su mirada buena.

Doña Fermina no tenía quien le llevara los bultos al río. Los del mercado sudaban a mares y se agobiaban llevando sus cestas. Los de la prensa no daban abasto repartiendo periódicos. Y el alcalde, que se ponía lívido y resoplaba cuando salía de trámites, pasó de gordo a flaco.

Entonces empezó la nostalgia:

—¡Eran tan buenos!

—¡Tan trabajadores!

—¡Tan humildes!

—¡Ah, quién los trajera...!

A los niños les pareció garantía suficiente y se fueron al pradito verde, buscaron los burritos, los convencieron y entraron triunfantes en el pueblo, que se llenó de rebuznos. Hubo alegría desbordante, cohetes multicolores y campanas al vuelo.

Y hoy, en el pueblo de no sé dónde, los burritos ayudan a los hombres, los hombres a los burros, y a nadie se le ocurre, ni por pienso, llamarle burro a una persona estúpida.

Chichi, la osita panda

Chichi era una osita panda. O sea, que tenía las orejitas negras, dos círculos negros como ojeras alrededor de los ojos, el cuerpecito blanco y negros los hombros, las patas delanteras y las patas de atrás. Además era cortita y mullida y parecía de felpa. En el zoológico de Londres, donde vivía, la cuidaban como oro en polvo, porque en el mundo entero —con lo grande que es— no quedaban entonces ni media docena de pandas.

A Chichi la trajeron recién nacida al parque zoológico. Como allí no había ningún otro osito panda, ni conoció padres, a Chichi se le olvidó por completo qué animal era. Sólo sabía que nadie, absolutamente nadie, tenía blanco el cuerpo y negros los hombros y las patas. Un día, ya grandecita, Chichi empezó a darse cuenta de que los demás animales del zoológico la miraban como a cosa extraña, y se sintió muy sola. Viendo a los monitos chiquitos andar en cuatro pies o en dos, comer plátanos, acurrucarse junto a las mamás monos y saltar de árbol en árbol, sintió unos deseos enormes de jugar con ellos.

—¿Puedo jugar con ustedes? —les dijo.

—¡Tú eres una panda y no eres una mona! —respondieron los monitos que, en el fondo, la envidiaban.

Ya se sabe: de la envidia a la burla no hay más que un paso, por lo que decidieron burlarse de ella.

—¿Por qué no juegas con los pandas, que son tan finos, tan escasos y tan caros?

¡Nosotros, simples monos satos, tendríamos que decirte "Su Majestad, señora panda" y andar con mucho rendibú!

—¡Si yo también soy mona! —protestó Chichi, dispuesta a ser cualquier cosa con tal de tener amigos.

—Demuéstralo —rieron los monitos—. A ver, ¡cómete un plátano, cuélgate de un árbol, enséñanos tu rabo!

La pobre Chichi se comió el plátano —aunque no le gustó en lo más mínimo— y haciendo mil piruetas se colgó de un árbol.

—Bien, enséñanos tu rabo —insistieron los monitos.

Un poco tímida, Chichi mostró su rabito, un pompón negro, nada parecido al rabo largo con que trepan los monos.

—¡Nosotros no jugamos con nadie que sea desrabado! —chillaron los monos y le dieron la espalda sin más contemplaciones.

Chichi se acercó entonces adonde estaban unos flamencos patilargos, color naranja. Se paraban en una pata, pensaban, se metían en el agua y con el pico largo escarbaban la tierra.

Yo soy Chichi —les dijo—. ¿Me dejan jugar con ustedes?

—¡Ay, Chichi! —contestó una flamenca—. ¡Cuánto lo sentimos! Nosotros los flamencos no queremos trato más que con flamencos.

—¿Y yo no podría ser flamenca?

—Hijita, cada uno es lo que es.

—¿Y yo qué soy?

—En verdad, no puedo decirte, pero flamenco seguro que no eres. Mírate el color y mira el nuestro. Además, prueba a estar así como nosotros, parada en una pata, pensando, cinco minutos.

Chichi probó a ver si podía. Pero apenas trató de levantar una pata, se cayó redonda.

—¿Ves que no eres flamenco? —dijo la flamenca con mucho desprecio—. ¿Por qué no juegas con los tuyos?

Chichi no lloró, porque ningún animal llora, si no es el hombre, pero se fue, muy compungida, y se acurrucó en un rinconcito. Desde allí miró a los cocodrilos del estanque. Estaban tan quietos y tan verdes, y como no hacían maromas, Chichi se dijo: "Con éstos seguro que sí podré jugar".

Esperanzada, se acercó y les dijo a los cocodrilitos, que todavía parecían lagartijas mayúsculas:

—¿Me dejan estar quietecita aquí al lado de ustedes?

Los cocodrilitos se miraron, sonrieron su sonrisa enorme, toda dientes, y dijeron:

—¡Tú no eres cocodrilo ni cosa parecida!

—¿Por qué?

—Porque no eres verde, sino blanquinegra. Además, ni tienes cola, ni sabes nadar. ¡Está más claro que el agua que no eres cocodrilo! A ver, prueba estar quieta al sol, sin moverte, que parezcas piedra, y métete en el fango.

Chichi se acostó en la tierra cuan larga era, a ver si lograba pasar por cocodrilo. Pero, ¡qué va! Con tanto pelo, el sol la sofocaba y no podía estar quieta. Además, con el fango pegado a los pelos, se puso la pobre que daba grima.

Los cocodrilos empezaron a reírse y a burlarse de ella.

—¿Ves que no eres cocodrilo? ¡Mírate la facha!

Chichi se alejó hecha una bolita de fango y con los ojos tan tristes, que daba pena.

Entonces, la cocodrila madre, una buenaza —porque aun entre los cocodrilos los hay de muy buen corazón—, le dijo:

—Vamos, Chichi, lávate con agua limpia, hijita. No dejes que se burlen. Es que te ven diferente, eso es todo. No eres cocodrilo, pero eres muy linda.

—¡Ay, señora cocodrilo! ¿Y yo qué soy entonces?

—Yo no sé, hijita porque ni en el estanque, ni en el zoológico, ni aun en Brasil, de donde vengo, he visto nunca un animalito como tú. ¿Será que eres gente?

—Pues mire usted, señora cocodrilo —dijo Chichi—, pensándolo bien, a lo mejor lo soy. Lo cierto es que el único que se ocupa de mí y me trae comida y me limpia la jaula y me quita las pulgas, es el guarda. Esta noche sin falta le pregunto.

Efectivamente, esa noche, en cuanto vino el guarda, le preguntó Chichi:

—Señor guarda, ¿usted cree que yo sea gente?

—Mira, pandita —le dijo el guarda y se echó a reír—, si lo fueras, te llevaría para mi casa y te adoptaría como a una hija. No, pandita, no lo eres. Pero créeme, ¡ya quisiera mucha gente que la cuidaran como a ti!

—¡Ay, señor! ¿Y a usted no le importaría ser mi amigo?

—¡Si ya lo soy, si ya lo soy! —le dijo el guarda y le acarició el lomito con mucha ternura.

Aunque Chichi se lo agradeció de todo corazón, no le fue suficiente, porque lo que deseaba era saber, en verdad, qué cosa era.

Pasó el tiempo: el mono se casó con la mona, el flamenco con la flamenca, el cocodrilo con la cocodrila. Todos andaban en familia, juntos y riendo, ya entre los árboles, ya en el estanque o en la yerba. Sólo la pobre Chichi seguía aislada, sin encontrar pareja y sin preguntarle a nadie si quería jugar con ella.

Los encargados el zoológico, viendo que se ponía mustia, ¡con tanto que costaba!, decidieron buscar otro osito panda con quien casar a Chichi, no fuera a morirse sin dejar sustituto.

Mandaron cables y cartas a todos los zoológicos del mundo, preguntando si tenían un osito panda de tal y tal edad, y a buen precio, que pudieran traer a Londres, para casar a Chichi.

Al fin, contestaron de China que sí, que tenían un panda llamado An An, que estaba soltero y que, con gusto, por amistad y mil libras esterlinas, lo mandaban a Londres.

Fueron muchos los trámites, idas y venidas,

discusiones y acuerdos. Por fin, un día empieza a llegar gente y fotógrafos y periodistas y se arma el gran barullo frente a la jaula de Chichi, que nada sabía.

Una voz anunció que había llegado de China el osito panda An An, especialmente traído a Londres para casarse con Chichi.

—Señoras y señoras, ¡veamos cómo recibe Chichi a su futuro esposo, An An! —dijo un periodista, con entusiasmo muy profesional.

En seguida, mientras funcionaban cámaras y luces, y los niños y embajadores, expectantes, decían "¡Oh!" y "¡Ah!", abrieron la puerta y metieron en la jaula de Chichi a un osito blanquinegro, todo chamuscado y lleno de susto por la algarabía. Así y todo, el pobre, de lo más fino, se acercó a Chichi y se presentó como pudo:

—Yo soy An An, el oso panda que viéne a casarse contigo.

Como hablaba en chino, Chichi no entendió ni pío. Y como, además, nunca había visto a un osito panda en toda su vida, salió corriendo, se acercó a la reja y llamó al guarda.

—¡Señor guarda, señor guarda! ¡Saque usted de aquí a este animal rarísimo que han metido en mi jaula!

—Es un panda como tú —aclaró el guarda.

—¡No! ¡No hay nadie como yo! —protestó Chichi—. ¡Nadie! ¡Ni los monos, ni los cocodrilos, ni los flamencos, ni la gente es como yo! ¡Y si antes nadie quería jugar conmigo, ahora soy yo la que no quiere casarse! ¡Y requetemenos, con este animal tan raro y tan feo que, además, habla en chino!

—Pero Chichi —insistió el guarda, tratando de apaciguarla.

—¡Ni me no lo miente, señor guarda! ¡Sáquelo de aquí en seguida!

El guarda comprendió que, de tanto estar sola, a Chichi se le había puesto el corazoncito duro, como semilla de durazno.

Efectivamente, en los siguientes días, el pobre An An, queriendo hacer amistad con Chichi, se le acercaba, le ofrecía manzanas, le gruñía con la mayor gentileza. Pero en vano. Siendo osa, Chichi seguía más terca que una mula.

—¡No hay nadie como yo en el mundo!

¡Habráse visto el oso feo! ¡Llévenselo, sáquenlo de aquí! ¡Uf! —gritaba.

Los políticos y hasta los diplomáticos estaban disgustadísimos. Iban y venían, escribían cartas, ¡vaya desaire! Los encargados del zoológico, por su parte, ya hablaban de devolver a An An a la China y recuperar siquiera las libras esterlinas.

Entonces fue cuando al guarda viejito se le ocurrió la idea.

Se fue a la fábrica de vidrios, buscó un gran espejo, lo cargó con mucho trabajo, lo llevó al zoológico y lo entró a la jaula de Chichi. Entonces, la llamó y le dijo:

—Mírame, Chichi; ahora, mira al espejo. ¿Qué ves?

—Otro viejito, igual que usted.

—No; soy yo mismo. Mira mi mano allí y mírala aquí —dijo demostrándole que la mano suya y la del espejo eran reflejo la una de la otra—. ¿Entendido?

—¿Y qué? —preguntó Chichi con altanería.

El guarda llamó a An An, lo colocó frente a la luna y volvió a preguntar:

—Dime, Chichi, ¿ahora qué ves?

—Pues a otro oso feo, peludo y blanquinegro.

—¡Ajá! Ahora ven tú, Chichi, y párate aquí. ¿Qué ves?

—¡Ya basta de juegos, señor guarda! Lo que veo son dos ositos peludos y blanquinegros.

—¿Iguales?

—Idénticos —asintió Chichi.

—Pues uno es An An y la otra eres tú —dijo el guarda.

Chichi se miró muy sorprendida y le dijo a An An:

—Muéstrame tu patita delantera.

An An se la mostró.

—Muéstrame tu patita de atrás.

An An se la mostró.

Al ver que eran peluditas y negras como las suyas, fue Chichi, rebosando alegría, quien le propuso en chino:

—An An, ¿te quieres casar conmigo?

Tatica

Tatica era una perrita chica, graciosa, con
el rabo tan contento y tan móvil, que parecía
de azogue. Los ojos los tenía color del azúcar
cuando ya casi es caramelo. No hablaba, porque no hablan los perros, pero ladraba de tan-
tas formas distintas: de gusto, de cariño, de
miedo, de ira y hasta de perdón, que ni falta le
hacía. Además, lo que no podía expresar ladrando, lo decían sus ojos sinceros que miraban de frente: "Yo te comprendo, y no importa
lo que te hagan los demás, siempre estaré al
lado tuyo". Y un consuelo así, no sabe decirlo
mucha gente, ni con la lengua, ni con los ojos.

No; no era perra de las que se compran en
tiendas de mascotas y llevan dos apellidos y
comen comidas más especiales y costosas que

muchos niños. Su abuelo era *bulldog*; su abuela, *cocker spaniel*; su padre, *fox-terrier,* y su mamá, *chihuahua*: o sea, que Tatica era completamente sata. Estos perros suelen entrar en las casas por empeño de niño o soledad de viejo. Si Tatica llegó a casa de los González, fue por carambola. Se embarcaba Agripino, su dueño, a Estados Unidos, a ver si se hacía rico, y la traía para que hicieran el favor de cuidarla mientras tanto.

Gonzalo, el padre, miró a su compadre Agripino y luego a Tatica, pensando que hay amigos que se las traen. Carmita la miró pensando que vivían en un piso alto y era ella quien hacía la limpieza. Los perros comprenden las miradas de las gentes como si fueran palabras, así que Tatica esperaba azorada, con las orejas gachas y rabicaída. Por fortuna, en ese instante, Ani la sacó del apuro abrazándola:

—¡Una perrita! ¡Gracias, padrino!

Asunto concluido: Tatica se quedaba en la casa.

Fue un tiempo estupendo. En casa de los

González se cantaba mucho, se discutía poco, no había mal genio, se comía bien y todo el mundo: "Tatica esto, Tatica lo otro", "dame la patica" "ven y te acaricio". En fin: esas cosas que hacen felices a perros y personas.

Tan gorda y lustrosa se puso, que pasaba por fina. Dormía en los cojines de la sala, usaba collar con número y todo y le ladraba a cuanto extraño llegara a la casa. Es así como demuestran los perros que son propietarios.

Claro, si todo hubiera seguido tal cual, no tendría cuento que hacerles. Pero una noche estaba Tatica medio adormilada, la cabeza reposando sobre las patas delanteras, mientras disfrutaba el calorcillo de haber comido bien, cuando una conversación entre Gonzalo y Carmita le hizo parar la oreja:

—Con lo que gano no alcanza. ¡No alcanza! —dijo Gonzalo.

—¿Y tú qué has decidido? —preguntó Carmita al parecer serena, pero en un tono que a Tatica le puso los pelos de punta.

—Pues irnos. ¡Qué sé yo! ¡Probar suerte en otro sitio!

—¿Y dejarlo todo?

—¡Todo, todo! —dijo Gonzalo con la voz oscura, como si saliera de alguna cueva.

Esa noche, Tatica tuvo una horrible pesadilla: se veía corriendo por calles solas, comiendo en los latones de basura y apedreada por todos. Tanto, que saltó como un cohete y se metió bajo la manta, junto a Ani. Allí, con la tibieza del cariño y acurrucada a ella, recuperó la paz.

No pensó más en el asunto y el terror se le fue poniendo tan chiquitito, que casi ni lo notaba: era sólo sombra de miedo el que sentía cuando salían todos y demoraban en regresar.

Por lo demás, seguían Ani con Tatica y Tatica con Ani: "estoy contigo" y "juego a lo que juegues" y "si alguien te cae mal, seguro que a mí también me cae gordo", es decir, amigas de veras.

Un día llegó un señor flaquito que parecía un poste por lo alto y, aunque Tatica le ladró cuanto pudo, subió las escaleras y entregó un telegrama que decía:

"Te mando pasaje. Buena suerte. Agripino".

A Tatica se le congeló el espinazo. No porque lo entendiera, que no entienden los perros de telegramas, sino porque al leerlo lloró Carmita, y Gonzalo se puso tan serio que su cara parecía un nubarrón a punto de empezar a llover. En seguida sacaron maletas y baúles y se pusieron a empacarlo todo. Desde ese día se llenaba de parientes la casa; cuando se despedían, se despedían llorando.

Tatica andaba entre aquel tumulto de maletas y tristezas, con el rabo metido entre las piernas. Nadie se ocupaba de ella. Dondequiera estorbaba. Una noche, hasta Carmita —que siempre le disimulaba sus "fallos" con aserrín— le había gritado delante de todos:

—¡Tatica, lo hiciste otra vez en la sala! ¡Parece mentira!

La cosa fue de mal en peor. Un día Tatica vio que cerraron todas las maletas. Vino Gonzalo con traje y corbata; Carmita, con un abrigo sobre el brazo, y Ani, oliendo a nuevo, con su traje a cuadros y sus zapatos de charol.

Miraron toda la casa, los muebles y a ella, que estaba quieta, afincada en sus cuatro patitas, con las orejas como dos antenas y en los ojos su mirada más inteligente y más ávida, a ver si lograba comprender.

Gonzalo dijo, casi brusco:

—Vamos, ¡que se hace tarde! ¡Vamos, hijita!

Ani puso su cartera en un sillón, cargó a Tatica, le alisó mucho el pelo y susurró en su orejita parada:

—Adiós, mi perrita. Nos veremos pronto.

Carmita la separó diciéndole que "era grande y tenía que conformarse". Tatica pensó que no se verían nunca.

La vio decir adiós, subir al automóvil, y se estuvo tensa, callada, pero cuando la perdió de vista, lanzó un solo aullido largo, como el de la sirena de un barco, al despedirse. Después, se topó con la casa vacía, repleta de silencio.

—¿Qué me irá a pasar? —pensó.

No tuvo tiempo de hallar respuesta. Por la escalera subía ya un hombrón bigotudo que la agarró por el hocico para que no chistara, la metió en un saco y se la llevó en una cosa que debía ser motocicleta por el brrrbrrrbrrr con que atravesaba las calles.

Por fin, se detuvieron. Tatica sintió que la alzaban en vilo, y cuando pudo volver a ver, porque la sacaron de la noche del saco, estaba en una sala toda rodeada de jaulas con perros. Al verla, un señor con lentes, calva brillosa y olor a cloroformo, le gritó:

—¡Cuidado no muerda!

Y en menos de lo que puede decirse "guau" le puso una inyección, le miró los colmillos, le alumbró las orejas con un foquito y oyó el tucutún, tucutún asustado de su corazón, con una cosita fría y redonda que le puso al pecho.

—¡A la jaula! —ordenó y, con un empujón, la metió en una especie de caja con barrotes.

Por primera vez en su vida, Tatica insultó ladrando. Después se sintió tan sola, como si en todo el mundo no quedara nadie a quien moverle el rabo.

—¿Tú vienes por enferma o porque te embarcas?

Era la voz del galgo fino que estaba en la jaula vecina.

—¿Usted sabe dónde está Ani? ¿Por qué me trajeron aquí? ¿Qué hacen con nosotros? ¿Por qué me ponen en jaula, si yo no muerdo? —preguntó Tatica con ansiedad.

—¡Debe ser que estás enferma! —contestó

una *poodle* muy aristocrática, desde la jaula izquierda—. ¡Siendo tan sata, no creo que a nadie se le ocurra mandarte a buscar! El caso mío es distinto. ¡Tengo tanto *pedigree*, que soy una inversión! Dondequiera, por lo bajo, me valúan en quinientos dólares...

—¿Qué cosa es *pedigree*? —preguntó Tatica muy impresionada.

—¡Clase, hija! ¡Clase, linaje, alcurnia, aristocracia!

—¡Ay, Dios mío —pensó Tatica—, si es por eso, me quedo en esta jaula toda la vida!

—¡Vamos, a callarse todos! —exclamó de pronto una chihuahua malgeniosa y enérgica—. ¡Cállate tú, Margarita, que serás más fina que ella, pero eres muchísimo más pesada! ¡Y tú también, galgo neurasténico!

En seguida, volviéndose a Tatica, le dijo:

—Tú, tranquila. El día menos pensado te embarcas y te reúnes con tu familia. Y al doctor, respeto y poco caso. Grita por sordo, no por malo.

Oyéndola, Tatica se consoló bastante y logró dormirse.

Al día siguiente, muy de mañana, vino un

ayudante, la sacó de la jaula y la midió del rabo al hocico con un centímetro.

—¡Así lo miden a uno cuando se muere! —exclamó, lúgubre, el galgo flaco.

—¡Y cuando se embarca, perro aguafiestas! —aulló la chihuahua.

Efectivamente, al poco rato, vino un carpintero con cara de hambre y conformidad, trajo unas tablas y, mientras claveteaba, suspiraba mirando a Tatica:

—¡Suerte que tienen algunos perros! ¡A mí nadie me paga el pasaje!

Al oírlo, Tatica comenzó a dar saltos de alegría.

Tenía motivos, porque al día siguiente vino el doctor y le ordenó a gritos:

—¡Métase ahí, vamos!

Con la tranquilidad de la sordera, Tatica se dejó meter en la caja de tablas —huacal— que había hecho el carpintero.

—¡Feliz tú que te marchas! —la despidió el galgo enternecido.

—¡Las cosas que hay que ver! ¡Una perra sata se va; en cambio yo, que valgo un Potosí, me quedo! —exclamó la *poodle* con despecho.

—Buen viaje y ¡que Dios te bendiga! —ladró la chihuahua.

El hombrón que la trajo alzó el huacalito, lo subió a la moto y atravesó la ciudad molestando.

Cuando llegaron al aeropuerto, Tatica estaba aturdida. ¡Qué ir y venir de gente! ¡Cuánto ruido! Y, de contra, aquellos señores uniformados que la miraban con desprecio, se encogían de hombros y ¡paf!, allá te va un cuño y otro cuño sobre el huacalito. Cuando la subieron al avión estaba completamente mareada, llena de humillación y más sola que nunca. ¡Así, como un bulto más entre maletas y baúles! Por el ventanuco sólo veía pasar noche y noche y más noche; por su corazón, también.

De pronto, Tatica sintió dolor de oídos, y en el estómago una sensación de vacío, como la vez que Ani la llevó a la tienda y la subió en un elevador. Entonces una voz misteriosa, que no venía de gente, advirtió:

—Señores pasajeros, dentro de unos minutos aterrizaremos en la ciudad de Nueva York.

—Ahora veo a Ani, ahorita veo a Ani —se decía Tatica por darse ánimo.

Pero la cosa no fue tan sencilla.

Cuando bajaron, todo estaba gris y negro, como cubierto de humo, y quien la recibió no fue Ani, sino su dueño anterior, Agripino, el que se fue a Estados Unidos a hacerse millonario.

Tatica, siempre cortés, le movió el rabo. Un dueño es un dueño. Pero observó que Agripino, de millonario nada, porque ni automóvil tenía. Sin muchas palabras la metió primero en un ómnibus, después en un tren que iba como un bólido bajo la tierra y, al fin, subieron mil pisos para llegar a un apartamento que parecía un huacal, sólo que más grande, más oscuro y más alto.

Para colmo de males, Agripino, con el barrenillo aquel de hacerse rico, trabajaba de noche, de día, los domingos y los días feriados. Cuando regresaba, ya tarde, se quedaba como idiota frente a una caja cuadrada; no comía sino hamburguesas y el pobrecito se había puesto de un humor de ésos que llaman injustamente "de perros". O se asomaba por las ventanas con los ojos llenos de lágrimas a suspirar:

—¡Ay, mi pueblo, mi río...!

Tatica quiso poner de su parte: le ladraba, daba saltos para recibirlo, se ponía a sus pies por las noches. Pero ¡qué va! Hay gente que ya no hay perro que la arregle. Agripino se había olvidado de pasear, de reír y hasta de perder el tiempo, que es tan saludable algunas veces. Un día Tatica no pudo más y quiso salir siquiera a dar un paseo. Fue peor. Vio calles grises, edificios altos, llenos de ventanas, y gente corriendo de un lado para otro como hormigas locas, pero ni un prado, ni un poquito de tierra roja donde serenarse uno y hacer sus cosas con calma. Todo cemento, cemento. Cemento arriba, abajo. Y peor: humo y mal genio.

Tatica volvió a casa de Agripino, se puso a sus pies y estaba empezando a resignarse; es decir, a morirse un poco. Se puso mustia, perdió las ganas de comer y era toda ojos color caramelo y dentro, soñada, la imagen de una niñita de ocho años que la metía bajo su manta y le decía: "¡Tatica, mi perrita linda!".

Con todo y estar amargado, Agripino reconoció en la perrita la misma enfermedad que padecía él, el tedio, porque un día miró sus ojos tristes y le dijo:

—¡Qué va, perrita, a ti te salvo yo de esto!

Y antes de que fuera a quitársele la buena idea o se le olvidara con tanto quehacer, agarró a Tatica, la metió en un automóvil y estuvieron viaja que viaja por una carretera aburridísima donde no había sino señales de tráfico y estaciones de gasolina. Viéndolas, Tatica se decía con desgano:

—¡Dios mío, y el mundo no se acabará nunca...!

Por fin, después de una curva, llegaron a un pueblo de casas igualitas y cuadradas, todo lleno de sol. Entraron en una calle alegre, donde jugaban niños, y se detuvieron frente a una casa con jardín, roble fornido, lleno del piar de muchos pájaros, y césped verde y acogedor, como una bienvenida.

Tatica se arrimó a mirar por la ventanilla y el corazón casi le salta del pecho. ¡No, no podía ser! De un brinco se puso en la calle.

Allí, en la reja de enfrente —¡casi no podía creerlo!— estaban Gonzalo, Carmita y Ani, que la abrazó con todas sus fuerzas:

—¡Mi perrita querida!

Tatica chillaba, daba saltos y... ¡no pudo evitarlo!

—¡Ay, Tatica, Tatica! —dijo Carmita.

Pero en seguida, contenta y sonriendo, sin pizca de enojo, buscó el aserrín.

Pilikinó

Esto es un cuento, y no una adivinanza, pero a ver si uno de ustedes adivina quién era Pilikinó. No puedo decirles que Pilikinó fue persona, porque no es cierto. Sin embargo, era esclava de Mati, mi prima más chica. Sólo a ella obedecía los días de lluvia o nada que hacer. Pilikinó no comía nunca; jamás se acostaba ni nunca salió de noche. Y lo más extraño de todo: lo mismo era una que veinte. Cuando era veinte, todas hacían parejas, a un mismo tiempo, el mismo gesto. Si por mandato de Mati una Pilikinó guiñaba un ojo, subía un hombro, sonreía o se hacía la dormida, veinte Pilikinós automáticas guiñaban ojos, subían hombros, sonreían o se hacían las dormidas. Siempre, ya fuera una o veinte, compartía los gustos y odios de Mati. Como ella, odiaba la lluvia, las tías besuqueonas y las clases de piano. Como ella, disfrutaba la melcocha elástica, el tiempo a solas y los gatitos tibios.

¡Cómo le envidiábamos los grandes a Mati esta Pilikinó silenciosa y complaciente! Mil veces la invitábamos a jugar, pero era inútil. Sólo si era Mati, de cinco años, ojinegra y pelirrubia que decía "pescabito" por "pescadito", quien invitaba, se aparecía Pilikinó. ¿Ya adivinaron qué o quién era?

Los demás también teníamos amigos raros. El primo Sergio tenía a Lima, pero a decir verdad: tan pulcro, decente y bien mandado era Lima, que resultaba cargante. Sólo le gustaban el ajedrez o las damas; jamás al muy bobera se le ocurría nada excitante. Teté tenía a las dos mellizas, "Cállate tú" y "Pórtate bien", que jugaban con ella cuando la madre, con mucho trajín, la obligaba a estarse quieta. Yo tenía a "Mierma", apodo de "mi hermano", que era mi propia rodilla alzada bajo la sábana. Pero así como Pilikinó, de ocurrírsele cosas, y aventurera y tan fiel, no había ningún amigo imaginario.

Mati sólo invitaba a Pilikinó cuando había silencio y nadie. Y si aparecía la Tata almidonada que la vigilaba constantemente, la hacía desaparecer susurrando:

—¡Chis! ¡Deja que se vaya la pesada ésta!

Ya cuando estaban solas se ponían de acuerdo y jugaban rato de rato una o varias Pilikinós: todo dependía de que estuvieran cerradas, abiertas o semi-abiertas las puertas del armario.

Una, la de la derecha, miraba con ella el conejito que le regalaron el día del santo y que Mati no dejaba tocar a nadie. Otra la consolaba de no ser grande y quedar fuera en los juegos. Con otra inventaba idiomas. A otra, confidente, le anunciaba Mati su decisión tomada, a cada rato, de dejar la casa e irse lejos, a vivir las dos solas en una casita con cortinas blancas, macetas, un perro lanudo y nadie grande. En fin, que hubiera sido la de Mati y las veinte Pilikinós una amistad de para siempre.

Pero vino un día la mudada a la calle D. Se empacaron los cuadros, los jarrones: el de Sèvres y el más chico, los candelabros y el juego de té, dorado y prohibido, que estaba encima del aparador. La casa se llenó de "¡Quítate de ahí, muchacha!" y del trajín de hombres desconocidos y sudorosos que rodaban los muebles y los sacaban colgados de sogas por las ventanas abiertas.

Abriendo una sola puerta del armario —la del espejo mayor— Mati le advirtió a Pilikinó:

—Mira, nos mudamos. Ahorita te bajan, pero no tengas miedo, nos vemos en la otra casa.

Como buena amiga y muy preocupada, Mati se quedó cerca, vio cómo asían con fuertes grapas el armario de tres cuerpos. Lo alzaron hasta la ventana y el aire se llenó de gritos.

—¡Sube! ¡Agarra más a la izquierda! ¡Despacio, despacio! —gritaba un hombrote fortísimo.

—¡Aguanta arriba! —advirtió alarmada otra voz fuerte como un trueno.

De pronto, Mati vio en el aire la limpia imagen que el sol llenaba de destellos. Iba tambaleándose como un péndulo, amarrado con una soga. El camión que esperaba abajo, atestado

de muebles, se adelantó un poco: después giró, dio marcha atrás.

—¡Aguanta, aguanta, aguanta! —gritaron los dos hombres.

Mati oyó el grito penetrante. Sintió un estrépito como si se rompiera el mundo y bajó corriendo la escalera. ¡El corazón casi se le salía del pecho! ¿Se habría caído Pilikinó? ¿Se haría daño? ¿Se habría muerto? Llena de angustia se asomó a los pedazos de luna que cubrían el cemento como agua rota y dura. Miró en el primero: ¡sólo vio los ojos de Pilikinó! En el otro, ¡sólo la nariz recta! En otro, su pelo color de miel; en otro, su piececito de sandalia; en otro, su sonrisa opacada...

Sintiendo que el corazón le iba a estallar de pena, se sentó con la carita grave cerca de las albahacas, a llorar a Pilikinó.

—¡Ay, mi amiguita, mi amiguita Pilikinó, tan buena! —decía y nadie lograba consolarla.

¡Cuántos días estuvo Mati de duelo! Todos se preguntaban por qué la niña, siempre tan tranquilita, se había vuelto rebelde y arisca. Claro que Mati llevaba su pena sola. A Pilikinó no le hubiera gustado nunca que la

compartiera con Tata, ni con mamá siquiera. Pasaba silenciosa, llena de nostalgia, frente al armario y buscaba con avidez a Pilikinó perdida. A lo largo de toda su mirada, sólo la madera muda, opaca y sin respuesta. Pilikinó no iba a volver nunca. ¡Qué soledad tan grande! ¡Ya no tendría amiguita!

Pero un día llegó a la casa el hombrón fuerte. Trajo otra luna de espejo resplandeciente, embadurnó la madera del armario, la colocó y pulió luego la superficie lisa con movimientos amplios que abultaban sus bíceps.

Mati se acercó temerosa. ¿Estaría? ¿No estaría?

—¡Pilikinó! ¡Pilikinó! —llamó bajito y sin esperanza.

Pero apenas se acercó más y abrió la puerta del armario, vio en su luna clarita y sonriente a Pilikinó querida. Se acercó, movió un brazo, subió la ceja, acercó la cara, y veinte, treinta Pilikinós obedientes movieron el brazo, subieron la ceja y acercaron a la suya tibia, su carita fría de cristal.

Pedrín y la garza

Estaba el mar liso, como el gran lomo de un pez bueno, lleno de escamas de sol. Eran tan idénticos el azul pálido de cielo y mar, que tal parecía que los peces podrían confundirse y nadar cielo, o las estrellas confundirse y nadar mar. Pedrín los miraba absorto, y el mar lo miraba a él: junto a las montañas, un niño más pequeño que su propio asombro, pálido y con dos ojos negros, grandes y filósofos, en los que había ocho años de mirar miseria y poco pan.

Pero ahora, en este instante, apoyada la barbilla sobre el puño, era un millonario de silencio y sueños. Y no era Pedrín Vázquez, hijo del padre tuerto, ni venía de Murcia, ni le había dicho adiós a la abuela rezadora, con su traje negro, que se quedó atrás diciendo adiós mucho rato después de que la perdieron de vista el hijo y el nieto. No. El mar curaba todas las imágenes del pueblo pequeño, el frío de las casas vacías con puertas que abría y cerraba el viento, porque los que las cerraban a la noche y las abrían al sol habían emigrado hace mucho tiempo a fábricas de Alemania, a fábricas de Suiza, a oscuras, maloloientes, ruidosas fábricas que a un niño, por juicioso que sea y todo lo comprenda, no pueden gustarle.

Ahora, para Pedrín comenzaban a no haber existido nunca. Por el pez que saltó allí, jugando, hecho un arco, en el aire; y por esta concha que agarra, donde se escondió un arcoiris; y por ese caracol que, si lo miras hacia adentro, tiene cielo de atardecer y, si te lo pones al oído, le oyes que suena a mar. Un cangrejillo duro huye que se mata y deja su huida leve marcada en la arena.

Pedrín lo persigue por la calzada de arena y ola, y unos pájaros que parecían rocas resulta que no lo son y se elevan en triángulo, como la vela de un barco que no es. Son garzas y Pedrín alza los brazos al cielo y toma impulso y corre arena arriba, arena abajo, pero se queda niño y lo que hace es asustar a una garza pequeña y blanca, que se ha partido una pata. Pedrín la mira, se acerca, hace que va a agarrarla y la garza mueve las alas, se arrastra y todo lo que no puede huir ella trata de huir su corazón: paf, paf, paf, paf.

—Vamos, vamos —dice Pedrín y la alza con las dos manos anidadas.

La garza desconfía y se aterra. Pero Pedrín la aprieta contra su pecho y va diciéndole: "Pobrecita, pobrecita". Y no es la palabra, sino el calor bueno de su mano, lo que la acalla y la amansa.

—Te llevo conmigo, que aquí, coja como estás, te mueres.

La garza ni dice que sí, ni dice que no.

—¡Vamos, hijo! ¡Vamos, que es tarde!

Era la voz del padre chico, tuerto: la más poca cosa de padre que imaginarse pueda. Pero como era el suyo y único que tenía, había que obedecer.

Pedrín agarró la garza, la lió en la manta de la abuela y subió a saltos el farallón escarpado.

A su padre no le dijo ni medio. Porque ¡qué

iba a comprender de garza blanca, encontrada en el camino, un hombrecillo cetrino, preocupado por si mañana se come, con cara de nubarrón triste!

Nada, que no se lo decía. Y siguieron camina que te camina: el hombre pensando en la fábrica próxima, a ver si había plaza, y el niño pensando que sólo él sabía del juguete vivo que llevaba, y la garza —si es que a las garzas no les basta con su vuelo y piensan—: "¿Dónde será, cuándo será que me matan?"

Bueno, pues llegaron a un pueblo. No, ni siquiera a un pueblo: a un caserío, viniendo de Sitges, que se ha formado junto a unas chimeneas humeantes que hacen noche de humo y donde unas máquinas —concreteras o sabrá Dios qué— cogen arena blanca y la convierten en lava fangosa que se ha comido la yerba y no deja crecer árbol, por poca cosa que sea. Da lástima. Hasta el mar por allí no hay quien lo conozca: es sólo un lagunato viscoso y los peces o se han ido o se han quedado muertos panza arriba, hediendo.

Pero allí fue donde el padre de Pedrín tuvo eso que llaman suerte: consiguió trabajo de ocho a cinco; es decir, de ésos que puede conseguir la gente tuerta que además, con el ojo que tiene, no sabe leer. De corre-ve-y-dile o guardián, que da lo mismo.

Pedrín quedó a cargo de una señora gruesa, con olor a sudor, muy ajetreada y muy viuda, que se llamaba Marcelina y que si reía poco era más por falta de tiempo que de ganas. Hacía unos pucheros con mucho humo y poco dentro y alquilaba unas habitaciones para ayudarse a pasar y, por un poquito más, lavaba la ropa y la ponía a zarandearse y a inflarse con el viento junto a las ventanas.

Pero Pedrín tenía su garza que, bien visto, no es poco tener. Primero le entizó la pata, le dio miga de pan y agua y se enfrentó valiente a todos los oscuros presagios de "se te muere, hijo" —que fue la única protesta del padre— o "un día de éstos, ¡ojos que te vieron ir, paloma!" —de Marcelina, que no era mala, la pobre, pero le encantaba desilusionar.

Creció la garza y se puso fuerte. Porque no hay enfermedad —sobre todo si es de susto o tristeza— que no la cure el cariño y el hablar bajito y compasivo. Y Pedrín, que la veía ir y

venir y hasta volar un poco alrededor de la casa, se esperanzaba pensando que al fin y al cabo las gallinas se conforman y vuelan poco y bajo; y los patos, con todo y cojear tanto, se acostumbran a la tierra; y el perico de Marcelina —y había que verlo: como si un pintor le hubiera derramado encima todos sus tintes— allá estaba en su jaula, salto aquí, salto allá; que vamos, no contento, pero viviendo.

La garza trató cuanto pudo, hay que reconocerlo. Seguía a Pedrín por la casa. Y si volaba era de la ropa tendida a la chimenea, al balcón, ida y vuelta. Como no veía más que el humo negro y el charco de fango, pensó que era sueño suyo aquel recuerdo de arena blanca, desde la cual ascendieron al mar del cielo, un día, las garzas.

Pero una vez voló más alto y con más ímpetu y se alzó hasta el tejado. Y desde el tejado le pareció que el campanario estaba a un paso, es decir, a un vuelo, y ya desde el campanario, que aún allí se mantenía puro con sus campanas y su brisa, descubrió que el mar es mar y no sueño y que la arena existe.

Cuando regresó, era ya una garza descontentadiza y llena de planes, mejor dicho, de vuelos. Lo que en una garza no es deslealtad, sino instinto, algo que nos llama a hacer con una voz tan fuerte, que ni pensamos siquiera. Pedrín la vigilaba, la espiaba casi. En un mal momento pensó cortarle las alas o amarrarla con un hilo largo que le permitiera volar sin libertad. Cosas malas, perdonables, si no se tiene más juguete que una garza viva, y no más padre que un hombrecillo tuerto, ni más ternura de mujer que la que no da una Marcelina siempre en trajines y cansada.

Pero la garza tenía que cumplirse. No había remedio. Un día que Pedrín la llevaba en brazos, vibraron de un modo extraño, incontenible, sus alas blancas. ¡Era el viento libre del mar que la llamaba! En un impulso súbito salió volando cielo arriba, arriba de las chimeneas, más allá de los pinos, donde ni el ruido llega.

Pedrín estiró los brazos, clamándole casi. Junto a la ventana, Pedrín con los brazos alzados, impotentes, rogándole al cielo, a la garza, quizá hasta a la vida misma...

Entonces bajó corriendo las escaleras oscu-

ras, corrió callejuela abajo y traspuso a saltos la cumbre escarpada.

La garza, arriba, arriba, volaba hacia el azul más puro, más allá de la mancha fea de fango con que los hombres traicionaban la aspiración del mar.

Ya por la arena blanca, Pedrín, dándole voces y corriendo, corriendo. Y la garza, que veía sólo un puntito de niño que se perdía y se perdía mientras alzaba ella, cielo arriba, el manso vuelo.

Pedrín llegó al mar y se lanzó a seguirla y nadaba en el agua azul, desesperado, mar afuera, todo lo que volaba en cielo la garza.

Hasta que ya no se veía la tierra; hasta que casi no podía respirar Pedrín; hasta que sus brazos parecían aspas pequeñas moliendo el terror y la muerte.

La garza vio aquella vibración de mar. Más allá estaba todo lo azul y susurrante, toda la libertad, toda la limpieza del aire, todas las olas hechas y por hacerse en un total renuevo.

Sintió dentro, la garza, la tristeza de lo imposible; sintió crujir dentro de su cuerpo blanco y estremecido la rebeldía de no querer resignarse; sintió esa pena, que también sienten los hombres, de renunciar a ser lo que se quiere.

Fue sólo un instante.

Ya viene cielo abajo, ya viene haciendo círculos y círculos en torno a un niño que bracea, y se sostiene, y la ve, y alza los brazos en el supremo esfuerzo de alcanzarla, y por la alegría de recuperarla se salva.

Una barquilla de pescador hacia la orilla. Dentro, un niño. Sobre él, navegando de regreso, la garza.

Nadí

Un río oblicuo de luz terminó para el bosque la plácida libertad del sueño. En la campanilla azul, el hada Nadí volvía al "hoy", "yo", "aquí" de la vigilia y a la sensación de no ser sino pasto de las abejas y columpio del viento. Pero siempre pensando crear la maravilla se sentaba al borde del camino a ver pasar la humanidad del bosque.

Si iban las hormigas afanosas en su trajín diario:

—Parece que no la tienen —se decía mirándolas.

Si las madres jóvenes y los niños buenos:

—Estos casi sí.

Y si los poetas y los fracasados y los pobres:

—¡Buena falta que les hace!

Por fin, un día, con el apremio de dar lo que faltaba a todos, salió a buscar juventud al Este. Si de allá venía un sol nuevo cada amanecer, buen acopio tendrían.

Luego buscó paz en la Luna, porque aquí en la Tierra no hay modo de encontrarla. (Y es tanta la prisa, el miedo a la guerra.) Pidió salud a los robles. Belleza robó a las estatuas griegas del Museo Británico. (De robo a robo, total, no va nada.)

Y bondad tomó del huerto de San Francisco de Asís.

Entonces, el regreso: ir y venir secretos. Y Nadí misma que salía de noche y susurraba:

—Nostalgia, dolor y muerte sólo serán palabras.

Un día, le anunció al viento:

—Hoy fue la última lágrima.

En el bosque: "¿Qué será?" "¿Qué no será?"

La hiedra trepó el abeto para no perder detalle. Subió a lo alto el interés de las ardillas tímidas. Abajo, las raíces, las pobres raíces.

Al llegar Nadí, dejó caer su voz sobre el asombro.

—¡La felicidad es el don invento mío! —dijo al darla.

Fue no más decir, y el abeto rió una risa sonora. Cayó sobre todos, como lluvia, la impalpable sensación de euforia. Reían los árboles y daba gusto ver bailar a las hormigas sin prisa y a las ardillas sin miedo. Había risa en el viento, en el río, en lo alto del pino, en lo ancho del mar, y risa rodando sobre la tierra, y risa amarilla en el sol, y allá adentro, en las entrañas, hasta en las raíces retorcidas, risa.

Pero la noche hundía puñales de sombra en la alegría frenética del bosque.

—¡A robar el regalo de Nadí! ¡Que sea sólo nuestro! —dijeron las hormigas.

Los cuervos, que estaban en su cerco, susurraron:

—¡A robarlo!

Los hombres graves:

—¡La falta que nos hace!

Y las palmas:

—Ahora, ahora...

Comenzó la lucha. Se hirieron ramas, aire, tronco, tierra, flor.

Cruzaron chillidos como saetas al aire. Se desangró el silencio.

Nadí salió huyendo, despavorida, por la negrura de la noche...

La felicidad quedó rota. Y desde entonces nadie la posee más que a retazos, quebradiza, con miedo de perderla....

Quintín

El gnomo Quintín tenía complejo de inferioridad, porque no había hecho nunca nada que mereciese la pena. Además, era breve, larga la nariz, oblicuos los ojos, anchas las orejas, gris el traje, y eso le da complejo a cualquiera. En consecuencia, le gustaba andar quieto, era tímido, tenía miedo del sol, de los colores estridentes, de las personas directas, confiadas, seguras de sí. Estuvo largos años de este modo pero, con la vejez, le dio por ir a la taberna que habían puesto las ardillas en el tronco de un árbol hueco, a darse unos tragos.

Salió de allí una noche, caminando en línea sinuosa. Entonaba una cancioncilla cómica, alegre, sin sentido. Hoy era noche de hacer algo, algo definitivo, para que todos lo respetasen y le dijeran ceremoniosamente: "Buenas, don Quintín", "¿Cómo le va, don Quintín?"

Como en aquella época la gente no dormía nunca, al gnomo Quintín se le ocurrió una idea.

—¡Ja! —dijo—. ¡Que ya lo tengo! ¡Que ya lo tengo!

Y bailó una danza cómica debajo de la luna, que lo miraba con cara de "está completamente listo". Pero no lo estaba.

—Oye —le dijo a la noche—, quiero algo que no se oiga.

—¿Para qué? —contestó ella.

—¡Ja! Para hacer en mi casa una cosa que no se vea, que no se toque, que no se oiga.

—Pero, ¡será tonto! —advirtió la noche en tono de chisme a la comadre lechuza que andaba como siempre, con los ojos abiertos.

Después, dirigiéndose al gnomo Quintín:

—Vaya, aquí tienes —y le dio el silencio.

Bailó Quintín su danza cómica de agradecimiento. Fue entonces a Grano de Oro, el buey aburrido que arrastra los arados en todos los campos.

—¡Hola! —le dijo, quitándose el gorro de la punta larga.

Grano de Oro abrió los ojos con indiferencia:

—¡Hola! —repitió.

—Oye, quiero algo que se sienta y no se vea.

—Tómalo —dijo Grano de Oro para que lo dejaran quieto. Y le dio el cansancio.

Quintín llegó después hasta el mar, a robar arena que echó en un saco.

Salió por fin camino del cementerio. Ya en él, un poco de miedo se le hizo presencia en el espinazo. Y pidió en un susurro:

—Yo quiero algo que no se toque, que no se vea, que no se sienta, que sea amable.

—Los pinos que estaban allá arriba le advirtieron:

—¡Antes de que te animen a quedarte aquí, vete en paz!

Quintín, tomando la paz de la frase, se la echó al hombro.

Con ella, y el silencio y el cansancio que le habían regalado la noche y Grano de Oro, se metió en su casa y estuvo encerrado en ella

mucho tiempo, haciendo experimentos. Por fin, se oyó en todo el bosque:

—¡Ja! ¡Que ya lo tengo! ¡Que ya lo tengo!

Quintín fue enseguida con su invento a la oficina de patentes, que quedaba en lo alto de una ceiba, y la atendía un gorrión muy circunspecto, que llevaba lentes.

Tuvo algunas dificultades, porque la señora Muerte alegaba que el invento de Quintín le mermaría el prestigio.

Y ya cuando la noche era baja, y caía la sombra, y las estrellas aparecieron en el fondo del lago, salió sigilosamente con su saco a cuestas a recorrer el mundo.

Dejaba caer un polvito amarillo, silencioso, y todas las cosas, lo mismo la reina gorda, que el campesino, que los magistrados, que Grano de Oro, o el sol, quedaban tranquilos en una casi muerte largas horas.

Viendo la Tierra así, extrañamente quieta y apacible, gritó la Luna:

—¿Qué has hecho? ¿Cuál es tu invento, Quintín?

Y dijo Quintín:

—¡El sueño, el sueño, el sueño!

El loro pelón

Esta vez era un lorito, un lorito solo que vivía en Chicago, en un apartamento. Lo trajeron los Smith, no sé si de Cuba, de Puerto Rico o de México. El lorito tenía todos los colores del mundo: era verde, rojo, azul, amarillo y violeta. Y además sabía decir:

—Buenas noches, Oquendo. Buenos días, Oquendo.

(Oquendo era el señor que lo crió de lorito a loro.)

Ya el viaje no le gustó ni pizca. Y todo lo miraba con su ojito redondo y negro. Tampoco le gustó el edificio gris. Ni las alfombras grises. Ni la lluvia, ni la nieve.

Y no es que fuera un loro pesado; es que a los loros les gusta el aire, la yerba verde, el sol.

Los Smith no se daban cuenta. Estaban felices con su lorito, que parecía un adorno y que además decía:

—Buenas noches, Oquendo. Buenos días, Oquendo.

Pero el lorito estaba cada vez más triste. Y no sabía qué hacer. Un día, trató de huir. Tomó impulso, agitó las alas y ¡paf!, por poco se mata al chocar con el cristal de la ventana.

Peor. Los Smith decidieron ponerlo en jaula. Si hubiera podido, el loro les hubiera explicado:

—¡Me siento tan solo! Ustedes son unos viejitos muy simpáticos. ¡Pero no son loros, ni lo serán nunca!

Abría la boca, tomaba aire, batía las alas. Y todo lo que lograba decir era:

—¡Buenos días, Oquendo!

Eso sí, cada vez con acento más triste. Porque veía visitas, muebles y lluvia y nieve. Pero ¡ni árbol, ni loro, ni sol! ¡Y soñaba tanto con tener su señora lora y sus hijos loritos! Toda la noche y el día, con una lágrima escondida en su ojito negro repetía:

—¡Buenas noches, Oquendo!

Entonces, como no sabía qué hacer ni podía explicarles, tomó la decisión. Todos los días él mismo se arrancaba una pluma.

Al principio, los Smith no le dieron importancia. Y eso que se quitó la pluma azul. Pero, al otro día, se quitó la amarilla. Y luego la verde. Y luego la roja.

La señora Smith decía:

—¿Qué te pasa, mi lorito lindo?

Y el lorito respondía —era todo lo que sabía decir—:

—Buenas noches, Oquendo.

Así pasaron días y días. Cada uno, el lorito se quitaba una pluma. Cuando ya estaba un cuarto pelón, dijeron los Smith:

—¡Nuestro loro está enfermo!

Cuando estaba medio pelón, se preocuparon mucho. Y hasta la señora Smith, por abrigarlo, le tejió un abriguito.

Cuando estuvo todo pelón, se fueron al zoológico a buscar consejo. Allí, el señor que cuidaba los pájaros sabía mucho de loros.

—¿Qué tiene nuestro lorito? —preguntaron.

—¡Este loro está enfermo!

—¿De frío? —preguntaron los Smith.

—No. De soledad.

—¡Pero si nos pasamos el día cuidándolo!

—Queridos amigos, imaginen que a uno de nosotros lo llevan a un país de loros. Todo de loros. Donde no hubiera un solo hombre. ¿Cómo nos sentiríamos?

— ¡Pobrecito lorito! —comprendió la señora Smith.

Al día siguiente, le escribieron a Oquendo: que les mandara, en caja, por correo aéreo, una lorita. La lorita más linda; más verde, azul, roja y amarilla que pudiera encontrar.

Al mes, estaba el lorito pelado con su abriguito, cuando sonó la puerta. Llegó el mensajero. Trajo la cajita. La señora Smith la abrió sonriendo. Puso la lorita en la jaula. El loro no quería creer lo que veía. Pensó que era sueño.

Pero la lorita abofó las plumas y dijo:

—¡Buenos días, Oquendo!

El lorito respondió:

—¡Buenos días!

Toda la noche estuvieron hablando en loro. (El loro es un idioma muy difícil, mezcla de canto, palabra y gruñido.) Y hablaron de árboles, de verde, de sol y de yerba.

Y al otro día, al lorito le nació una pluma roja. Y al otro, una verde. Y al otro, una azul. Y volvió a ser otra vez el pájaro espléndido de todos colores.

Todo estuvo muy bien por un tiempo. El lorito, la señora lora, y los viejitos Smith, locos de tanto oír:

—Buenos días, Oquendo.

Pero un día amaneció un huevo en el nido. La lorita estaba muy sentada sobre él, calentándolo.

Y parece que los dos —el loro y la lora— se pusieron de acuerdo: que su hijito loro no naciera en jaula. No sin sol. ¡Sin siquiera poder recordarlo!

Al otro día los Smith se alarmaron. El loro le quitaba a la lora una pluma verde. Y la lorita al loro, una pluma azul. Y al día siguiente, él a ella, una pluma roja. Y ella a él, una amarilla.

Pero esta vez no llegaron a quedarse pelones. Porque no más ver el señor Smith lo que

pasaba, habló con la señora Smith. Y los dos también se pusieron de acuerdo. Y le escribieron a Oquendo que allá iban los loros. Que nunca más volviera a venderlos. ¡Que les buscara el árbol más alto, más libre, más verde!

Oquendo contestó que muy bien. Por correo, los Smith mandaron una cajita, con un loro multicolor. Y la señora lora. Y el hijito lorito.

Y allá están, en Puerto Rico, vivos y contentos, en el árbol más alto, más soleado y más verde.

Hilda Perera (La Habana, 1926)

En el patio de mi casa yo tengo una casita de lo más coqueta. Junto a ella hay un arbolón que crece cantando con el trino de los pájaros. Allí me reúno con mis niños. ¿Que se presenta una rana? Hacemos el cuento de la rana. ¿Que se presenta un conejo? ¡Allá va el cuento del conejo! Así nos pasamos horas y horas de lo más divertidos.

Rapi Diego (La Habana, 1949)

Hace unos días, en una librería me preguntaron si buscaba algo especial. "Sí", respondí, "busco un libro para un niño de cincuenta años". Si tuviera que decir quién soy diría eso: soy un niño de cincuenta años, que juega a hacer cine, a escribir y a dibujar, sin dejar de asombrarse por todo. Mi padre decía que él era un niño encantado; una bruja maligna lo había transformado en la persona mayor que parecía ser. Quizá este tipo de hechizos sea tan poderoso que se transmite de generación en generación.